AF233853

Y. 5492.

.EH.

ÉPITRE

AUX MALHEUREUX,

PIECE

QUI A EU L'*ACCESSIT* DU PRIX
de l'Académie Françoise en 1766.

Par M. *** .

Non ignara mali, Miseris succurrere disco.   Virgile.

A PARIS,

Chez REGNARD, Imprimeur de l'Académie
Françoise, Grand'Salle du Palais, à la
Providence, & rue basse des Ursins.

M. DCC. LXVI.

ÉPITRE

AUX MALHEUREUX.

Ù donc est le bonheur ? Tout se plaint, tout
      murmure ,
Un deuil injurieux accuse la nature ;
Par-tout je vois des pleurs, par-tout j'entends des
      cris ,
Et c'est à l'Univers peut-être que j'écris.
Vérité douloureuse.... & pourtant consolante !
Car si du crime altier la bassesse insolente
'Assuroit aux méchans ce bonheur odieux ,
Dont elle étale en vain le fantôme à nos yeux ;
Si le sort n'accabloit que le Juste & le Sage ,
Eh ! qui pourroit sauver sa vertu du naufrage ?
Dieu n'a donc pas voulu qu'un mortel fût heureux !
Adorons ses décrets, & soyons vertueux.

A ij

Mais fuyons la rigueur des vertus infléxibles,
Aux malheurs des humains portons des cœurs
     fensibles.

Venez, vous qui fouffrez, vous qui verfez des
     pleurs,
Au fein de votre ami dépofer vos douleurs.
Mais d'où vient qu'écrafés, courbés fous la mi-
     sère,
Vos fronts humiliés rampent dans la pouffière?
Ah ! ceffez d'avilir la noble pauvreté,
Connoiffez du malheur la trifte dignité,
Connoiffez les humains & leur fottife altière ;
Si vous cédiez au fort une victoire entière,
Leur pitié dédaigneufe iroit vous infulter ;
Soyez fermes & fiers, ils vont vous refpecter :
Le refpect vous eft dû, refpectez-vous vous-même.
Non, je ne vous plains pas, chers amis, je vous
     aime.
Remplaçons ces vils biens, fource de tant de maux,
Par d illuftres vertus & d'immortels travaux.
Que m'importe le riche, & fon orgueil barbare,
Et fon fafte impudent, ou fa baffeffe avare,

Et sa fortune indigne , & son superbe ennui ?
Je ne sens point de nœuds qui m'attachent à lui.
Qu'il jouisse, s'il peut , du malheur de ses frères ;
Sa joie ou ses douleurs me sont trop étrangères...
Ses douleurs!... Ah ! ce mot a droit d'intéresser ;
Hélas ! est-il des torts qu'il ne puisse effacer ?
Je te plains de porter un cœur impitoyable ,
D'être envié de tous , & d'être misérable.

Je te plains encor plus , toi coupable Séjan ,
Qui rampas en valet pour régner en tyran.
Eh bien ! tu commandas les crimes de la guerre ,
Sous ton joug détesté tu vis trembler la terre ;
Il est brisé ce joug , un coup d'œil t'a détruit ,
De tes fureurs enfin tu recueilles le fruit ;
Ton rival triomphant fait du mal en ta place :
Tu pleures , malheureux !... Va, mon cœur te fait
      grace ;
Va , je n'insulte point à ce remords rongeur ;
A ces chagrins cuisans , fléaux d'un Dieu ven-
      geur.
A Rome, un vil bourreau détruiroit ta famille ;
Avant de l'égorger , violeroit ta fille ;

Et le flatteur plus vil , qui t'auroit adoré ,
Iroit percer de coups ton cadavre abhorré.
Nous n'avons les vertus ni les fureurs de Rome ;
Tu peux prétendre encore à l'honneur d'être un
       homme ,
Tu peux vivre tranquille , & libre , & généreux ,
'Tu peux fécher les pleurs de quelques malheureux ;
Dans tes champs défolés efface au moins l'image
De ces malheurs publics , qui furent ton ouvrage.
L'humanité t'excufe , & craint de te haïr ;
Pourfuis , fais qu'elle t'aime , & connois le plaifir.

Quels que foient les forfaits , le malheur les expie ;
Ce brigand meurtrier , ce parricide impie ,
Ces monftres dévoués à des tourmens cruels ,
Doublement malheureux , puifqu'ils font criminels ,
Je les livre en pleurant à la Loi qui les tue ;
Je les plains , je friffonne & détourne la vue ;
Mon cœur épouvanté refpecte avec horreur
Jufqu'en un fcélérat la mort & le malheur.

Mais que de maux divers méconnus du vulgaire !
Que je vous plains fur-tout, ô vous qu'on ne plaint
      guère ,

Vous qu'on croit même heureux jusques dans vos
    tourmens,

Aimables infensés, tendres cœurs, chers Amans!

O fières paffions ! ô fougueufe jeuneffe !

Oh! qui tempérera cette brûlante ivreffe !

Vole, vieillard agile, ô temps, preffe ton cours,

Amène la fageffe, emporte les amours.

Mais toi, qui joins leur charme à ceux de l'inno-
    cence,

Refte de l'âge d'or, enfance, heureufe enfance,

Que ne peut-on fauver du ravage des ans

Ton ingénuité, tes jeux intéreffans !

Enfans, goûtez toujours cette volupté pure ;

Votre innocente joie honore la nature ;

Tous vos plaifirs font vrais, tous vos tranfports
    font doux;

Mais je vois l'avenir, & je pleure fur vous.

Bientôt des paffions, peut-être criminelles,

Embraferont vos fens de leurs flammes cruelles;

Vous aimerez du moins, vous connoîtrez un jour

Le fouris d'une Belle, & ce perfide Amour.

Combien il vous vendra fa faveur paffagère !

Oh! quand d'une Maîtreffe infenfible ou légère

Vous pleurerez l'orgueil ou l'infidelité !

Et toi, fidelle Amant d'une tendre Beauté,

Quand les vils préjugés, quand la fortune altière

Mettront entre vos cœurs une indigne barrière,

Que ce fatal secret dans le mien soit versé ;

Par les mêmes tourmens ce cœur fut exercé.

O jours ! ô souvenir plein d'horreur & de charmes !

Quel cœur a plus aimé ? Dieux témoins de mes
      larmes !

Injustice, inconstance, on peut tout pardonner ;

Mais le trait de la mort ne peut se détourner.

Mes maux du sort barbare ont épuisé la rage.

J'ai vu, j'ai vu périr, au printemps de son âge,

Le chef-d'œuvre des Dieux & l'honneur des mor-
      tels ;

L'Amour dans tous les cœurs lui devoit des autels.

Son moindre charme, hélas ! fut d'être la plus belle ;

Les graces !... Ah ! ce mot, on l'eût créé pour elle ;

Un air qu'on n'eut jamais & qu'on chercha toujours,

L'art piquant d'irriter, d'enchaîner les amours,

L'art brillant de parler, l'art prudent de se taire,

L'art.... de n'en avoir point (est-il d'autre art de
      plaire ?)

Nul mortel n'eût été digne de l'enflammer;
Mais son cœur indulgent étoit digne d'aimer.
Reglé dans tous ses vœux par un grand caractère,
(La vertu l'ordonnoit) il fut ferme & sévère;
Mais que son amitié, plus tendre chaque jour,
Savoit bien imiter & remplacer l'amour!
Amans, le croirez-vous? Non, la volupté même
N'a point ces traits touchans, cette douceur su-
   prême.
Voilà ce que j'aimois & ce que j'ai perdu;
Voilà ce qui jamais ne me sera rendu.
Et je n'ai pu mourir de ma douleur profonde!
Et le Ciel me condamne à rester dans ce monde,
Où tu fus malheureuse, où l'on dut t'adorer,
Où tu n'as fait qu'aimer, que plaire & que pleurer,
Où tu n'es plus, hélas! où déja l'on t'oublie,
Où chaque instant détruit ton idée affoiblie!
Ah! mon cœur la conserve. Oui, l'amour dans mon
   cœur,
Te venge de la mort & du temps destructeur.

  Mais qui consolera ma vie infortunée,
A de nouveaux malheurs peut-être destinée?

S'il étoit un mortel, dont la noble pitié

Daignât m'offrir encor les soins de l'amitié,

Que son ame exercée ait connu la tendreffe,

Que fa douce vertu pardonne à la foibleffe ;

Ah ! cet ami charmant, ce tréfor de mon cœur ;

Mon appui, mon efpoir, mon Dieu confolateur,

Si c'étoit une femme !... & qu'elle fût fidelle !...

Une femme ! ah ! du moins qu'elle ne foit point belle !

Loin de moi le poifon des graces, des appas !

Qu'elle anime mon cœur, & ne le trouble pas.

O fureurs de l'amour, n'agitez plus ma vie !

Beaux arts, douces erreurs de la philofophie,

Charmes moins dangereux, mais, hélas ! moins
      puiffans,

Comblez ce vuide affreux & de l'ame & des fens ;

Et toi, fille du Ciel, toi, volupté du Sage,

Amitié, de mon cœur fois l'unique partage,

Donne-moi la vertu, ... dirai-je le bonheur ?

O mes amis ! ô monde ! ô féjour de douleur !

Ici la mort exerce un empire fuprême ;

Le bonheur peut-il être où l'on perd ce qu'on aime ?

F I N.

www.ingramcontent.com/pod-product-compliance
Lightning Source LLC
LaVergne TN
LVHW010258030726
842520LV00007B/2996